십 분이면 도착한다며 봄이라며

백연숙
충청남도 보령에서 태어났다.
1996년 『문학사상』을 통해 시인으로 등단했다.
시집 『십 분이면 도착한다며 봄이라며』를 썼다.

파란시선 0137 십 분이면 도착한다며 봄이라며

1판 1쇄 펴낸날 2024년 1월 2일
지은이 백연숙
디자인 최선영
인쇄인 (주)두경 정지오
펴낸이 채상우
펴낸곳 (주)함께하는출판그룹파란
등록번호 제2015-000068호
등록일자 2015년 9월 15일
주소 (10387) 경기도 고양시 일산서구 중앙로 1455 대우시티프라자 B1 202-1호
전화 031-919-4288
팩스 031-919-4287
모바일팩스 0504-441-3439
이메일 bookparan2015@hanmail.net

ⓒ 백연숙, 2024, printed in Seoul, Korea

ISBN 979-11-91897-71-5 03810

값 12,000원

십 분이면 도착한다며 봄이라며

백연숙 시집

시인의 말

버스정류장도지나고페르시안고양이도지나고
겨울지나겨울이오기전당신도지나고지나는김에나도지나가며
다지나왔다고생각했는데

웬걸, 저만치서 당신의 오늘과 내일이 나를 노크한다

쉼표 하나 지나자마자 마침표를 찍을까 말까 갸우뚱거린다
알 수 없는 일이지만 나는 아직도 비상등처럼 깜빡이거나 지직거리는
당신의 그 찬란한 눈동자를 믿는다.

차례

제1부

평촌

거미줄에 걸려 말라붙은 나비를 본다

바람 불 때마다 파닥거리는 나비
멀리 쌍둥이 빌딩이 보인다

벌레 먹은 산딸나무 잎사귀
거미줄 위에 매달린 채 흔들린다

줄을 쳐 놓고 대체 그는 어디로 사라진 걸까

아무리 둘러봐도 보이지 않지만
육천 원짜리 백반을 먹기 위해
식판을 들고 길게 줄이 섰다

거미줄이 바람에 흔들릴 때마다
조금씩 무거워지는 허기,

요란하게 지나가던 배달 오토바이 경적 소리도
거미줄에 걸려 있는 가을장마 끝이었다

클라리넷

비 그치자 꽃사과나무 아래
무너진 집 복구하느라 분주한 개미들

개미 두 마리 흙 알갱이 물고 나오자
개미 서너 마리 들어가고
개미들이 흙 한 알씩 물어다가 입구에 놓으면
개미 여남은 마리 실어 나른 뒤 다시 돌아오고

얼마나 열심히 물어다가 쌓는지
집 근처 새로 생긴 언덕 하나 점점 높아 갈 때
아기 개미들 즐거운 비명 지르느라
흙장난하느라 정신없는데

어여뻐라, 그 풍경

머리하러 미용실 갔다가
나는 허락도 없이 개미의 집에 들어가 집 구경한다
곳곳에 비가 새고 어둠 고인 반지하지만
개미들 부지런히 움직일수록
평수가 넓어지고 햇살 들어와 챙강거린다

비 갠 하늘 터진 구름 사이로 바람 불어와
수국꽃 타오르는 유월의 어느 오후

쓰러지거나 무너진 것들 위에
흙냄새 솔솔 내려앉는다

의자는 푸르다

하나은행 종로지점 김 대리가
왼쪽 유방이 없는 대신
왼팔이 붉어져 있다는 걸 깨달았을 때
나도 모르게 창밖으로 고개를 돌렸을 뿐인데
약국 자리에 제과점이 들어서 있다

남편이 오래 못 갈 것 같다는 김 대리의 말이
의자 위에 놓인 병원 추가 서류처럼
의자를 물고 놓아주지 않는다

주문을 하는지 뒷자리에서 웅성거리자
우리는 또 말이 끊겼지만
우리가 앉은 자리 맞은편 수족관에서
물방울 뽀글거리며 올라간다

왼쪽 유방이 없는 탓일까
김 대리 비칠거리며 일어서다가
오른손으로 탁자를 짚자 교보문고 쪽으로 향하던
두 시 방향의 구름 내려와 앉는다

김 대리가 앉았다 일어난 자리에
한낮의 햇살 무너져 내린다
의자는 푸르다

멍

—

멍은 사라지면서 진화한다

붉은색을 띠다가
하루 지나면 잉크 방울처럼 자줏빛으로 번지며
검푸르게 바뀐다
다시 사나흘 뒤 노란색으로 변하고
마침내 허벅지 한가운데서 흔적 없이 사라지는 오아시스

몰려가는 사람들 사이 실랑이를 했는지
땡겨 앉다가 책상에 부딪혔는지 기억조차 없지만
허벅지 위에 자주 멍이 앉았다
시간이 지날수록 우아하게 자취를 감추는 멍 자국들

점심 먹고 산책하는 평촌중앙공원에
들린 발꿈치로 소녀상이 앉아 있다
나도 곁에 앉아 소녀처럼 발꿈치를 들어 본다

들린 발꿈치 아래로
흘러들어 와
진동하는

—

피비린내

            노란색
        검푸른색
      자주색
붉은색

시뻘건 멍이 온몸으로 올라온다

모과가 한창

동태찌개 먹으러 가자
동태찌개 먹으러 가자

지방 출장 갔다 돌아와
세 시도 넘어서 점심을 먹는다
입천장 까지며 동태 대가리 발라먹는다
깨소금 맛이다 눈알까지 파먹을 기세다
옆 테이블에서 작업복 차림으로 술추렴하던 인부들
이쪽을 힐끗거린다
그러거나 말거나 씹을수록 고소한 동태 눈알을
입속에서 이리저리 굴리며 이빨로 살살 갉으며

동태찌개 먹으러 왔다
동태찌개 먹으러 왔다

잔뜩 풀어헤쳐진 동태 대가리를 볼 때마다
나는 왜 엄마 생각이 나는 걸까
엄마와 나 사이에 놓인 동태 대가리
그마저도 못 먹었을 엄마

원주 시민은 아니지만
철거 위기에 처한 아카데미극장 보존 서명에 동참하며
늦은 점심의 끝은 이른 저녁
하나둘씩 사람들 식당 안으로 들어선다
다급한 허기를 식당 밖으로 밀어내자
비로소 눈앞에 풍경이 선다

창밖에는 모과가 한창,

돌무지

━

돌이 울어요
비가 오면 떠내려갈까 봐
맨 밑에 깔린 채
입 밖으로 빠져나가지 못한 단말마의 비명을 위해
돌들이 개구리처럼 떼거리로 울어요

여덟 명의 아이들에게
먹을 것이 없다는 걸 감추기 위해
케냐 엄마는 냄비에 돌을 넣고 끓였지요
휘휘 저으며 맛도 봤을 거예요
쌀이나 금이 되느라 돌들은 잠 못 이루고
냄비가 끓는 동안 아이들은 헛배가 불렀을 거라고

돌들은 잠시 울음을 그쳐요
눈이 오면 강아지 꼬리가 생기고
차곡차곡 쌓인 비명들 입냄새처럼 빠져나와
아아 입을 벌려 눈을 받아먹으며
오오, 배부르다고 하나같이 입을 모으지요

━   울음을 그친 돌들은

반달눈을 하고 깊은 잠이 들어요
얼굴에 말라붙은 눈물 자국들
모래알처럼 밤새 반짝이지요

●여덟 명의 아이들에게 먹을 것이 없다는 걸 감추기 위해 케냐 엄마
는 냄비에 돌을 넣고 끓였지요: 국제구호단체 유니세프 정기 후원 권
유 영상.

워킹맘

퇴근길 시청역에서 전철을 갈아타다가
손을 놓쳐 아이를 잃어버렸다
인파에 밀리고 밀리며 헤매다가
겨우 아이를 찾았는데
뜻밖에도 아이는 전철역 의자에 앉아
낯선 사람과 웃으며 신나게 떠들고 있다

재용아, 하고 불러도 본체만체하다가
어깨를 두드리자 누구시냐고 정색하며 돌아앉는데
올해 초등학교 입학한 아들은 온데간데없고
경기 들린 두 살배기 막냇동생 장호다
다급하게 엄마를 부르는데 목소리가 나오지 않는다
가슴을 쾅쾅 치며 우물쭈물하는 사이
오줌을 쌀 것 같아

깜짝 놀라 깨어 보니
꿈이었지만 꿈이 아니었다
아이가 정말 있는지 아직도 초등학생인지
작은 방을 조심스레 열어 보는 새벽 세 시
잠을 청하기엔 정신이 멀쩡하고

출근 준비하기엔 너무 이른,

설계사

자궁을 들어냈다는 그녀와 마주 앉았을 때
갑자기 그녀가 킁킁거리며
무슨 향수 쓰세요? 솔향기가 나는데…… 샴푸 냄샌가
고개를 갸우뚱, 혼잣말을 한다
같이 온 여자는 한쪽 유방이 없단다

자궁이 없다는 그녀에게 비릿한 강물이 흐르지만
내겐 솔바람이 일면서 자궁! 하면 주렁주렁
솔방울을 매달 것만 같았다

당신들에게 없는 그것이
때로 얼마나 불편하고 거추장스러운지
무겁다 못해 수령 오백 년 된 소나무처럼
허리가 다 휘어질 지경이라고 하자
그녀들이 깔깔깔 웃는다

웃음소리에도 물비린내 묻어나고
유방, 하면 그녀에게 없는 무게가 더해져
쿵! 하고 탁자 밑으로 굴러떨어질 것 같았다
자궁, 하면 바람을 타고 멀리 저 멀리

송홧가루처럼 날아갈 것 같았다

질병분류기호

—

알파벳과 숫자로 구성된
산 자 혹은 죽은 자의 이력서

며칠 전 백내장 수술을 한
아버지의 질병분류기호는 H25.92
맨 뒤에 붙은 숫자 2는 양쪽 눈을 가리킨다

건강원을 하며 혼자 아이 둘을 키운 막내 고모
M170과 보폭을 맞추며 걷다가
예순도 안 돼 무릎관절 수술 두어 번씩 하고
복통을 호소하던 민식이는 D01과 C 코드 사이
긴가민가하다가 대장암으로 투병 중이지
경기도 한 오피스텔에서 살해당한 보름이는
질병과는 무관한데 어떤 기호로 완성되는가

밤사이 사건 사고처럼
어느 날 갑자기 백일하에 드러나는 질병분류기호
행간 하나 없이 혈혈단신
살과 뼈와 피로 아로새겨진 이력서를 볼 때마다
—   가로세로로 맞출 수 없는 퍼즐처럼

내 몸속 죽음의 세포들이 하나둘씩 눈을 뜬다

분화구

—

보름이는 재혼한 외숙모의 의붓딸
하지만 재혼남의 입양아, 피 한 톨 물려받지 않았다

태어나자마자 입양된 미혼모의 딸이었지만
딸바보 아비가 지어 준 이름으로 이십육 년을 살았다
그 보름이가 살해당했다

죽은 지 한참 뒤에 발견된
오피스텔에는 살인의 흔적은 고사하고
생존의 흔적조차 남아 있지 않았다
라면 끓일 살림조차 없는 방에
있는 거라곤 통화 기록과 문자가 싹 지워진 핸드폰과
매일매일 30만 원씩 돈을 찾은 흔적뿐

오피스텔을 나오며 들춰 본 우편함에는
각종 밀린 고지서들이 주인의 이름을 부르고 있었다
나는 더 이상 걱정하거나 챙길 수 없는 참혹함으로
밖을 멀거니 바라다본다

—

나보다 한참이나 어린데

딱 봐도 변태를 알 수 있다고 너스레를 떨던 보름이는
생모가 누군지 모른 채 몇 해 전 죽은 아버지 따라
집으로 돌아올 수 없는 강을 건넌 아이

범인을 잡았는지 물었지만
범인이 누군지는 묻지 않았다

달빛감옥

언제 들어왔는지
차고 푸른 달이 거실까지
창살 자국을 찍어 놓았다

달은 언제나 젖은 발이었다

물 마시려고 나오자
뒷걸음질치는 발자국들

가느다란 발목을 어루만져 본다

어두울수록 달의 발자국 움푹 파이고
바닥의 물기 마를 새 없는지
달빛은 고양이 자세로 한 발짝 두 발짝 우아한데

환하게 불 켜진 거실에서
물 마시다 말고 스위치를 내린다
저편 어둠 속에서 보이는,

베란다 창살 감옥에 묶인 나를

물끄러미 바라보다가
거실 창문에 맺히는 여자

제2부

십 분이면 도착한다며 봄이라며

물들까 봐 근처도 가지 않았다며
쥐똥나무 창공이라며 친구라며
졸지도 않았다며
꽃은 피었지만 나비는 날지 않았다며
사각지대는 아니었다며
새가 노래로 울었다며
58년 개띠 열댓 살짜리 아이가 있었다며
게이는 아니지만 스타킹이 나왔다며
뒤로 갈 수도 없었다며 대포통장이었다며
아이와 노모가 타고 있었다며
하필이면 블랙박스가 꺼져 있었다며
애인이라며
월요일은 일산 수요일은 목동
토요일은 우리 동네 약수터
약물이나 알코올 중독자
운 좋게 발을 뺐다며 물까지 타진 않았다며
고향 가는 길이었다며

그 고개

달님의 사라진 팔 할을 찾아 헤매다 보면
굴고개가 나왔다 고개 이름은 어떻게 붙여졌을까
맛나는 굴조개? 아니 간교한 여우 굴이 많았던 걸까
아무려면 어때 그 고개를 넘을 때마다
생각나는 엄마의 첫사랑

대목장을 보고 읍내에서 돌아오던 날
고갯마루에 떡 버티고 있다가 아이 셋 낳을 때까지
장가가지 않을 테니 어디 두고 보라고
으름장을 놓는 그 사람에게 지척에서 불어오는
갯내음 타고 날아갔다는 엄마의 신발 두 짝

언젠가 한번 심하게 다툰 뒤에 엄마는
내 방 창가 초승달처럼 이울어져 그에게 편지를 썼지
맞춤법이 틀리거나 사투리라서 그랬는지
그냥저냥 비탈길로 나가떨어졌지만
아무려면 어때 부치지 못하는 대신 내게로 날아와
알싸하게 스미던 향기

지금은 서울 어디 딸딸이 아빠라는

엄마의 첫사랑에 기대어 버스 타고 오가다 보면
날 가져 끝내 떠날 수 없었다는 그 고개가
부풀고 대책 없이 부풀어 올라
선산에 참외 배꼽처럼 드리우는 것이었다

소녀시대

우리는 한때 소녀였다

제복 스타일인 여동생은
군인이나 경찰들이 지나갈 때마다
멋지다고 내 귀에다 더운 입김을 뿜어 댔고
방학 숙제로 일기를 하루 만에 써서
국어 시간에 빗자루처럼 털리던 나는
배구면 배구 탁구면 탁구
선수로 활약하며 운동을 좋아하는 소녀였다
엄마는 낭만 소녀처럼 부치지도 못할 연애편지나 쓰고
할머니는 그야말로 양갓집 규수답게 참하기만 했는데

너무 내숭을 떨었는지
떠날 때 이토록 소란스럽다고
한자리에 모인 우리는 상기된 소녀들처럼
신기하다는 둥 어이없다는 둥
다른 건 몰라도 이 병만은 걸리지 말자는 둥
할머니의 단발머리 곱게 빗어 나비 핀까지 꽂아 주면
우리 중에서 단연 돋보이는 소녀였다
살아생전 가장 행복한 날갯짓으로

할머니는 밤에도 꿀을 빠는 제비나비처럼
검고 푸른 하늘을 날아다녔다

같은 시간대 우리는
종종 할머니 방에 모여 있었는데
오랫동안 시골집 마당을 떠나지 못했다

개밥바라기별

술도 못 마시는 아버지가
소주 두어 잔에 취해 울면서 전화했다

말기암보다 무서운 게 이혼이라며 죽는 게 낫다고
누구에게 하는 소린지 힘겹게 토해 내곤
말을 잇지 못하는 아버지

수화기 너머 캄캄한 어둠 저편에는 기저귀 찬 채
똥오줌 못 가리는 치매 걸린 할머니와
말끝마다 난 당신의 첩이야, 첩!
아버지를 닦달하며
둘 중 하날 택하라고 막무가내인 엄마

오죽하면 나보고 고아랑 결혼하라고 했을까
시집살이보다 무서운 게 효자 남편이라는데

아버지, 할머니 요양원에 보내세요
엄마도 할 만큼 했잖아요 엄마도 아프잖아요

전화 끊고 올려다본 초저녁 하늘에는

깎아지른 벼랑처럼 흔들리는 아버지의 들판이 보인다

귀뚜라미 모녀 1

오랜만에 엄마랑 누워서 얘기 중이다
엄마는 하나둘씩 죽은 사람들을 불러내고
그때마다 나는 산 사람의 안부가 궁금하지

엄마는 심심찮게 귀신 보는 사람이었는데
나는 귀신보다 귀신 보는 엄마가 더 무서웠다
그렇다고 엄마가 만신이거나 점쟁이는 아니었다

다만 용하다고 소문난 엄마의 할머니는
엄마에게 신 내릴까 봐 이르곤 했지
당신이 죽을 때 발밑에 있어선 안 된다고
엄마는 머리맡에서 할머니의 마지막을 배웅했지만
나는 할머니 임종 때 발치에 있었는데

그나저나 사람들은 죽을 때 왜 엄마를 찾는 걸까
죽어 가는 사람들의 코가 버선코처럼 들렸다는 엄마

엄마가 자꾸 죽은 사람들을 불러낼 때마다
시체 썩는 냄새처럼 이상하게 발냄새가 나고
이야기와 침묵 사이에는

담장 너머 깨진 가로등 불빛이 누워 있고
나와 가을밤 사이에는 엉킨 어둠의 실타래를 풀며
귀뚜라미 하염없이 소리를 풀고 있을 때

불탄 집

옷장 속에 옷 하나 없이
싱크대 위 접시 하나 없이
화장대 위 립스틱 하나 없이

있는 게 하나도 없었으나
덩그러니 침대 하나는 있었으나

다용도실 천장에 목을 매단 잠의 무게
얼마나 무겁고 깊은지
한 번도 밀린 적 없는데
월세는커녕 연락조차 안 된다고 찾아온 주인에게
보름이 지난 뒤에야 발견됐는데

뚝, 뚝, 통째로 떨어진 동백꽃처럼
바닥 곳곳에 낭자한 선혈
문은 닫혀 있지만 잠겨 있지 않고
일은 왜 그만두었는지 몇 가지 의혹 뒤로한 채

왔니, 왔어?

장례 끝나고 며칠 뒤
배냇저고리와 두고 간 몇 벌의 옷 태우는 불꽃을
단발머리 그 애가 옥상 달빛처럼 계단 뒤에서 지켜보고
있다

●보름이(가명, 향년 26세)는 오피스텔에서 목을 매고 죽은 채 발견되
었으나 경찰 조사 결과 타살이었다.

매

음력을 기준으로 그믐과 보름은 6매, 초하루와 16일은
7매
그러면 초이틀과 17일은 8매, 초사흘은 9매
조금 때는 물이 안 쓴다
안 쓴다는 말은 바닷물이 안 빠진다는 말
그래, 매는 바닷물이 빠지는 시간을 나타낸다

아빠랑 엄마는 매에 맞춰 바다에 간다
독산에 가면 밀조개
무창포에 가면 바지락
가끔씩 아랫집에 사는 혜선 씨도 따라간다

친정에서 보내 준 바지락 넣고 미역국을 끓인다
보글보글 저 멀리서 파도가 메밀꽃처럼 일다가
바다 향이 물밀 듯이 밀려온다
물때도 아닌데 매, 매라고 발음할 때마다
입속에서 갈매기가 난다

꽃샘

봄동 하나 사려고 동네 마트에 간다

머릿속에 계산이 들어 있으니
자꾸 말 시키지 말라고 귀가 어두운 손님에게
버럭버럭 소리 지르는 사람은 마트 주인이다
소란의 주범이 숫자인지 파마머리인지
시금치인지 손님인지 욕설인지 알 수 없지만

주춤거리다가 뒤엉키다가 줄을 서다가

좋은 소식인가요?
언젠가 만삭의 내게 걸걸한 입술로 물은 적 있는데
설향 딸기는 조리원에 있는 진아 생각나 장바구니에 담고
설설 끓는 국물로 몸살 기운 좀 달랠 겸
매생이와 굴을 찾아 두리번거리며

아침부터 붐비는 마트에서
나는 저만치 부려진 초록의 아우성과
붉은색 망에 담긴 양파 꾸러미까지 계산하고 나온다

입춘

세탁기 앞에 서면 엄마가 보인다

버들강아지 눈을 틔우는 개울가 빨래터에
쪼그리고 앉아 빨래하는 엄마
군대 간 남편 없이 시집살이 숨 막혔을 텐데
몰래 담배라도 배우지
배 속의 나 때문에 피우지도 못한 채 살얼음 낀 시집살이
들판 가득 울려 퍼지는 방망이질로 달래었을,
봄이 오는 이쪽과 겨울의 저쪽 끄트머리를 잡고
이웃집 옥선이네 이모와 이불 빨래 돌려 짜듯이
남편을 향한 그리움 꼭꼭 비틀어 짜내었을,

세탁기 돌아가는 소리
언 강물 풀리듯이 물 빠지는 소리
귓불 스치는 동풍처럼 다 돌아갔다고 알리는 소리

옥상에 빨래를 널다가
담배 연기를 개울에 비친 저 하늘로 띄워 보낸다
아버지 가재를 잡다가 담배 좀 끊으라고
채근하듯 들려오는 물소리

부정 출혈이 있었지만
흰머리 눈발처럼 희끗거리는 쉰여덟 아버지의 겨울과
겨울에 태어난 나를 위해 봄을 치대거나 두드리는
엄마의 방망이질 건너 나도 엄마가 되었다

악착같이

스토커라는 꽃이 정말 있더군

뼛속까지 파고드는 향기가 목을 조르더군
악착같이 따라오는데
따라오는 줄 모르고 걸어온 발걸음이 멎은 곳

금요일 열한 시
인사동 쌈짓길 카페에서 그녀를 만나기로 했는데
어떻게 알고 나보다 먼저 와 있는지
묻거나 궁금하지도 않은데
자신의 일거수일투족을 무용담처럼 늘어놓으며

집 전화도 있지만
있으나마나 십수 년 넘게 전화선을 뽑아 놓고 살지
핸드폰이 생기고부터 저장되지 않은 목소리 씹곤 하지
연아— 장난삼아 부르는 소리에도 소스라치며
외마디 비명처럼 맺히는 꽃

오, 만개하기도 전에
시들어 버리거나 집으로 돌아가지 못하고

보도블록 아래 숨은 발자국이라니!

몸서리치게 끔찍한 치욕도 그리워질까

다 지난 일이라고 너는 손을 꼭 잡아 주지만
아니아니, 아직 끝나지 않은 전쟁처럼
목을 조르는 향기가 이 골목 저 골목 휘젓고 다니더군

머리에서 발끝까지 인어처럼 온몸에 비늘이 돋는,

●스토커라는 꽃: '스토크꽃'을 말한다. '비단향꽃무'라고도 한다. 꽃집
주인은 향기가 너무 진해 흔히 스토커꽃이라 부른다고 했다.

퇴근길

산본 재래시장 지나는데
생선 가게 아저씨 떨이요, 떨이!라고
외치는 소리 들려와

떨이?

생각지도 않았는데
지갑 속의 돈이 막 딸려 나오며
오늘 속에서 수수만년 전 바람과 먹구름 뒤따르다가
좌판 아래 웅크린 어둠까지 떨이라고

푸르스름한 불꽃처럼
하아— 저녁의 아가미를 벌려 봐!

갓 낚아 올린 신선함이 명품
상처 없는 아가미일수록 주근깨만 한 상처도
지울 수 없는 문신으로 새겨지며

새잎 돋는 저녁의 입속으로
우르르 딸려 들어가는 사람, 사람들

제3부

생선꽃

이른 봄날
곳곳에 생선꽃이 피었다

배꼽 주위가 노랗고
다이아 무늬의 머리띠를 한 국내산 조기꽃이
이제 막 벙글었다면
등 푸른 고등어꽃이 피었다
어라, 내뱉자마자 공중에 얼어붙은 말처럼
동태꽃도 피었다 몇 달 전 가출했다가
바싹 말라 버렸다고 생선 가게 맞은편 건어물집에는
황태꽃이라든가 북어꽃도 만발해 있다

아주 보잘것없지만
상처의 부가가치를 높이기 위해
좌판 위의 꽃들은 부채꼴 모양 색색으로 피어 있다

만추

옷 가게 옆에 옷 가게
느티나무 옆에 은행나무
말쑥한 남자 앞엔 수상한 냄새를 피우는 여자

삼 개월마다 패스워드 바꾸며
PIN 코드 여섯 자리로 간편하게 로그인하며 살다가
핸드폰이 먹통일 때 비로소 나는 시야가 넓어진다

꼬마빌딩 사기 위해
날마다 삼십만 원씩 입금하러 오는 국화빵 아줌마
보이스피싱인 줄 모르고 송금하자마자
ATM 기기 앞에서 해맑은 표정으로 통화하는 청년
같은 입주민이라고 바쁠 때 찾아오라는 은행원 외면하며
핸드폰을 만지작거리는 여자

너는 나의 입구이자 출구
대기 손님 열여섯 명 남았다고 순번을 기다리다가
바닥에 떨어뜨린 번호표처럼 그러니까 나는,

백지수표로 웃는 여자 뒤에

은행 문 열리자마자
돈다발을 찾아 007 가방 안에 넣고 사라지는 남자
시든 붓꽃 옆에 고개 드는 쑥부쟁이
밥집 옆에 술집 그 옆엔 김세화 작명소
바로 맞은편엔 국민은행 종합금융센터

몽유도원도

네가 화가 안견처럼
복사꽃 만발한 잠을 거닐다가
외국어로 잠꼬대를 할 때

사이프러스가 떨어뜨린 토스카나의 방언 같고
나는 이탈리아인과 결혼해 소피아를 낳은 숙이 같고
머드 축제와 사랑에 푹 빠져
고국으로 돌아가지 못한 푸른 눈동자
금발의 오리건주 청년 같고

외국어로 뭐라뭐라 떨어지는
꽃잎 한 장 해석하기 위해 얼마나 많은 사월의 잠과
복사꽃 피는 마을과 언덕이 필요한지

너는 곁에 있지만
어쩌면 가장 낯설고 먼 하나의 이국인지 몰라
아직 못다 한 이야기가 많은데
이대로 잠에서 헤어나지 못할까 봐
벙어리 냉가슴 앓는 처자처럼
복사꽃 그늘로 덮인 눈꺼풀을 열고 들어갔을 때

이국땅에서 한참을 헤맨 탓일까
이미 복사꽃들 꿈 밖으로 곤두박질하고
복숭아가 주렁주렁 열린 채
새 시간이 발갛게 반짝이고 있었다
창밖엔 밤새도록 바람이 불고
길고양이 지겹게 울어 대는 밤이었다

묵음(默音)

내어놓은 빈 화분에 바람 타고
어디선가 날아온 씨앗 하나 자랐을 때
사람들은 아까시나무라 불렀다

손님들은 죽을 사러 가게에 오는 게 아니라
나무를 보러 오는 것 같다고
죽집 주인은 휴일에도 물을 주러 나갔다

아까시, 아까시 향기가
얼마나 멀리 퍼져 나갔는지 알 수 없지만
나무가 자라면 자랄수록 잎을 하나씩 떼어 내면서
좋아한다 망한다 미래를 점치거나
그늘이 두터우면 두터울수록
잎줄기로 파마하던 그 옛날 떠오르는지
줄을 서며 손님들의 발길 끊이지 않았는데

아무리 봐도 사람이 하는 일이 아니었다
아까시나무가 하는 일도 아니었다
대체 누가 그랬을까 졸음에 겨워 꿈꾸듯 물으면
빈 화분이 심었다고 죽은 꽃나무가 보냈다고

가게 문이 닫혀 있을 때마다
문 두드리며 바람의 목소리가 대답하곤 했다

카풀

운전하는 그의 옆자리는 항상 비어 있다

죽은 아내의 자리
누구도 앉을 수 없는 무언의 자리

그의 자동차를 탈 때마다
오른쪽으로 타서 뒷좌석에 앉곤 하지

어제는 김 씨가 췌장암으로 죽고
오늘은 이 씨의 주식이 폭락했다

잃는 게 더 두려운지
죽는 게 더 무서운지 궁금해하며
나는 출근 중이다

죽은 자의 안전벨트는 길 안에 매여 있고
산 자의 좌석은 안전벨트가 풀린 채
저쪽 어딘가 길 밖에서 잡아당기는 듯

길은 두 갈래로 다가오고

자동차는 고가도로로 진입하자마자 속도를 높이는데
다가가는 중인지 멀어지는 중인지 맴도는 중인지

저승은 길옆에 바짝 붙어 있는 채
아무리 속도를 높여도 비상등처럼 깜빡이는
슬픔을 따라잡을 수 없다

택시 안에서 택시 잡기

—

그곳에,

적어도 십 분 전에 도착하기 위해
분당에서 택시를 탔다

정치와 종교 하다못해 나는 존댓말에다
혼잣말인지 반말인지 반의반 섞어 가며 말하는
나의 말버릇에 대해 별로 아는 것이 없는데
한 배에 탔다고 자꾸 내게
동의와 동요를 바라는 택시 기사

하나님 부처님도 참 무심하시지
물에 빠져 죽은 자식들 불쌍하지도 않나
돈 뜯어내려고 쇼하는 거라며 유가족들 몇 번이나 죽이
는,

다르다는 게
이토록 수치스럽고 당혹스러울 줄이야!

— 취객도 아닌데 뒤통수 맞고 뻑치기당한 것처럼

기사 이름과 차량 번호

불편 사항 연락처와 차고지를 힐끗거리며 되뇌지만

택시는 아랑곳없이 총알처럼 달려가는데

뒷자리에 앉은 시간은 왜 더디만 가는지

대체 그곳은 있기나 한 것인지

MRI

십오 분 운전하기 위해
삼십 분 넘게 두 손 모아 기도하는 여자가 있지
아파트 신축 공사장을 지나다가
포클레인에 다리가 잘려 의족을 한 여대생도
집으로 바래다주던 약혼자가
주검으로 발견된 것도 아니지만
운전할 때마다 어김없이 들려오는 기도 소리

동사처럼 또각거리는 내 발자국 소리가
이따금씩 그 기도일 때가 있다

운전을 못 하거나
대중교통이 편리해서라기보다
붕괴되는 백화점 안에 있었다기보다
실연했거나 장의사라기보다
세상에, 이 좋은 봄날
꽃가루와 복숭아 알레르기가 있다기보다
외상후스트레스장애라기보다
그 무엇 그 누구보다 어두컴컴해진 채

백주 대낮,

걸음을 멈출 때가 있다
조수석에 앉아 있어도 그녀의 기도 소리조차
들리지 않을 때가 있다

메모리얼 가든

―

아파트 화단을 지날 때였다

스무 살 남짓 되었을까
쪼그리고 앉아 핸드폰을 이리저리 갖다 대며
맥문동을 찍느라 여념 없다

아니, 벌써 그 나이에
꽃이 예쁘다는 걸 알다니!

저 나이 때 나는
기차 사고로 입원 중이었고 오랫동안 재활치료를 받았지
죽은 피를 한 사발씩 뽑고 나서 창문을 내다봤을 때
병원 화단에 피어 있던 꽃
그때는 저 꽃이 맥문동인 줄 몰랐다
기차가 달릴 때마다 꽃은 궤도를 이탈한 별똥별처럼 빛
났다

타는 듯한 폭염이든 폭우든
아무렴, 잘 자라는 맥문동이 맥문동인 걸 이제 잘 알지만
정작 저 보랏빛이 어디서 오는지 몰랐는데

―

꽃은 멍에서 오고
멍은 뿌리로부터 온다

꽃은 잘 보이지만
그 뿌리는 보이지 않는다

멍의 뿌리를 찾아 여기까지 왔다
꽃이 예쁘다는 걸 나는 마흔이 넘어서야 알았다

연신내, 가로등 06-4로부터

가로등 06-1
큰집에서 나와 연신내에 살 때였다
첫사랑은 깨져야 맛이라고
헤어지며 애인이 차 키를 던져 창문을 깨뜨린 방
깨진 창으로 진눈깨비 함부로 달려들었지만
나를 내려다보는 가로등을 추운 줄도 모르고 노려보았지

가로등 06-8
한 달에 열닷새 동안 밤을 낮처럼 일하고 있었다
바람 부는 날 직장을 때려치우고
공원 벤치에서 난파선처럼 기울고 있을 때
내 앞을 지나는 치와와 칸나꽃 킁킁거리느라 주인을 잡아끌고
능소화는 소리 없이 가로등 목을 조르고 있었다
주인집 딸애가 들고 다니는 명품 가방값만도 못한
밀린 월급을 받기 위해 재판 중이었다
말끝마다 욕을 섞으며
스물여섯 살, 나는 이미 불 꺼진 가로등이었다

가로등 06-4

또 있을지도 모르는 바바리맨을 피해
집으로 가는 길은 이 골목뿐
가로등 아래 징검다리 같은 불빛을 골라 디디며
좁고 긴 골목을 지나곤 했는데
하필이면 딱 마주치다니,
편의점에서 일하는 그 애 가로등 대가리를 돌로 깨부쉈다
유리 조각이 마지막까지 발밑에서 빛났다
징검돌 하나 어둠 저편으로 가라앉고 있었다
그 애, 수면장애를 겪고 있었다고 했다

있다가 없는 밤

만취한 사내 부축해 물어물어 집까지 찾아갔더니
이 집에 사는 사람 중에 그런 사람 없다고
글쎄, 그냥 데려가란다

그때 나는
있다와 없다 사이에서
휘청거리는 사람의 길을 보았는데

있어도 있다고 할 수 없는 것과
없어도 없다고 할 수 없는 것들 사이에서
잠시 돌멩이처럼 골똘해졌는데

있는데…… 없다?
없으면서 있다?

좁고 가파른 골목으로 구급차 달려와
응급실로 환자를 이송하면서
있다가 없다에게 헌혈하고
없다는 있는 것처럼 수혈받으며

창백한 가로등 불빛 아래 있다가
밤도 아슬아슬하게 사라지는 것이었다

제4부

바람 부는 날

베란다 빨래건조대 한쪽 구석에
아이의 반팔 반바지가 반으로 접혀 있고
팔도 없이 턱걸이하며 나시 원피스 꽃을 피운다
물구나무선 그의 바지는 다리를 한껏 뽑아
차로 한 시간 넘게 달려야 나오는 해안도로 접어들고 있다

언제 어떻게 25층까지 올라왔는지
바람이 빨래건조대 위에 걸터앉아 펄럭이다가
색색의 옷 하나하나씩 입어 보다가
머리카락 귀 뒤로 넘겨 주며 자꾸 말을 붙일 때

그래, 나도 나를 벗고 아이를 입어야지
일하느라 이런저런 불평과 제안 늘어놓았지만
그와 눈높이를 맞춰 봐야지
집 안 구석구석 바람 불어 좋은 날
우리가 싸운 것도 잊은 채 바람의 옷부터 입어 보네
새로 개장한 주유소 앞
풍선인간처럼 흔들흔들 춤을 춰 보네

남태령

부장님, 저 왔어요
오늘은 전철 타고 왔어요
언제 터질지도 모르는 뇌 속의 시한폭탄으로
고혈압을 앓는 세상
퇴근길처럼 졸다가 그만 환승도 못 한 채
늦을까 봐 발을 동동 굴렀지만

다행히 늦지 않게 왔어요, 부장님
전염병이 발병하기 쉬운 계절로 왔으니
더 이상 백신이라 부르지 마세요
선배까지 왁찐이라 부를 때마다
유행처럼 바이러스 창궐하며 머리가 지끈지끈 아파 와요
마감 며칠 전부터 겨우 눈곱만 떼고
고양이 세수하거나 새우잠을 자곤 했지요
저를 볼 때마다 또 시작이구나
어깨가 무겁거나 발걸음 바빠졌을지 모르지만

부장님, 저 왔어요
서울시와 과천시를 잇는 이 고개
여우고개라 부르기도 하던데

저는 여우도 곰도 고양이도 아니라고 남태령을 넘어
눈 내리는 목소리로 저, 저, 왔어요
마지막으로 인사드리러 왔어요

도둑맞은 자화상

도둑의 이름을 압니다
도둑의 얼굴도 압니다
심지어 나는 도시락을 한 번도 바꿔 먹은 적 없는
도둑의 음식 알레르기까지 알고 있습니다만
말할 수 없습니다 묻지 마세요
그냥 모르는 척하세요 아는 순간
스타킹 뒤집어쓰지도 않고
언제 당신 집에 들이닥칠지 모르니까요

한번은 벌건 대낮에 방범창을 자르고 도둑이 들었는데
장롱과 화장대가 발칵 뒤집혔지만
도둑맞은 게 하나도 없었지요
그러나 이삿짐을 싸다가 알았어요
내가 좋아하는 것을 도둑은 다 싫어한다는 걸
그날 내가 도둑맞은 것은
서울의 가로등과 읽지도 못한 수십 권의 책과
을지로 인쇄골목을 오가던 발자국이라는 걸

선생과 경찰이 선호한다는
범죄 없는 도시에 살고 있지만

개도 안 짖는 도둑이 제일 무섭다는 걸
지나가는 저 길냥이도 압니다
내가 만약 도둑이라면 사물의 마음을 훔치겠어요

도둑의 얼굴을 모릅니다
도둑의 이름도 모릅니다
다만 오랫동안 살뜰히 보살피다 보니
뭘 보냐며 그냥 그렇게 쳐다만 봐도 소원이 없겠느냐며
거실 한구석에서 내 몽타주를 그리는 제라늄의 밤
어둠이 꽃잎처럼 흩날리며 반짝입니다

치욕은 어떻게 오는가

자고 일어나자 유명해진 게 아니라
나는 단지 엄마가 됐을 뿐인데
웬 촌부가 찾아와 남편이 있느냐고 물었다

미혼모도 미망인도 돌싱도 다 좋지만
아니, 그건 아니었다
그렇게 나의 치욕은 낯선 촌부로부터 온 게 아니었다
아침에 일어나면 책상 밑에 있던 여동생처럼
잠버릇 험한 ㅊ과 ㅣ가 침대 밑으로 굴러떨어지며
치욕은 혼자 된 욕 자로부터 왔는데

보람교사로 봉사활동 갔을 때
점심시간인데 밥도 먹지 않고 희망스타트실에서
삼삼오오 여중생들 수다를 떨다가 개웃겨,
뷰러로 속눈썹을 올리며 발음이 얼마나 후진지
좆나 웃긴다고 나보다 진한 입술마다 찰지게 달라붙는
웃겨, 웃겨, 쌍으로 웃겨

옆에서 서성대다가 나도 화장을 고치며
웃겨, 개웃긴다고 여중생처럼 발음해 보지만

아무래도 나의 치욕은 입에 담기도 전에
싸가지없이 문을 쾅, 닫고 나가 버린 욕으로부터 왔다

주말의 평화

—

할머니가 죽자
더 이상 남동생과 번갈아 가며
주말마다 시골집에 내려가지 않게 되었다
이모는 언제 철들 거야? 큰조카는
나를 볼 때마다 키득거렸지만
비타민 D가 풍부한 햇살 수확하러
나는 시골집을 주말농장처럼 드나들었다

평화는 늘 전쟁과 죽음 뒤에 온다
아버지와 엄마는 신혼처럼 다정해지고
뭐가 그리 급한지 여동생은 새집으로 이사 가고
남동생은 원하는 곳으로 발령이 났다
명예 회복하라는 등기우편도 날아왔는데
모든 일이 한꺼번에 일어났지만 우물쭈물하다가
내겐 아무 일도 일어나지 않았다

오랜만에 돌아온 평화에 어리둥절
어딘가 낯설고 쓸쓸하기만 했다
그나저나 명예라니? 그는 아무 말 없다가
뉴스를 볼 때마다 빨갱이체로 말이 많아지곤 했지만

—

명예 따윈 회복하지 않아도 좋았다
다만 서울까지 올라와 밥하고 빨래해 줬는데
할머니 죽음 뒤에 줄줄이 사탕처럼 찾아오는 평화라니!

평화의 자가당착
　　　평화의 무임승차
　　　　　평화의 나르시시즘

거울에 비친 평화의 뿌리 철없고
사돈의 팔촌까지 웃고 떠들며 평화는 지긋지긋해
주말마다 주말이 없었으면 했다

백야행

서촌 그 골목 그 하숙집 앞에 자전거 세우고 그를 태울 거야
브레이크 잡으며 천천히 골목길 내려가다가
어깨를 으쓱거리며 자전거 타는 실력도 뽐내겠지
그가 나의 등 뒤에서
전차와 기차와 자전거의 삼각관계에 빠져들 때
난 골목을 빠져나오자마자
막다른 길에 들어선 것처럼 배가 고플 거야
건너편 빵집 문을 열고 들어서서
그가 감자고로케 집을 때 난 마카롱을 집으며

당신이 곰보가 아니라서 좋지
아무려나 소보루처럼 곰보라도 좋았을 텐데…… 나는 그가
별보다 잎새라는 단어를 애지중지한다는 걸 알아
충무로역에서 전철을 갈아타야 하지만
빵집 앞에 붐비는 햇살처럼 바람 타고 날아와
어느새 난 부끄러움도 모르는 서촌의 봄

서촌은 산촌도 신촌도 아니고
그는 더 이상 내가 알고 있는 동주도

나는 그가 아는 하숙집 딸도 아니지만
행갈이하듯 의자를 뗐다 붙였다 하면서
을이 아니라 이가 좋겠다며 우리는 신나게 웃고 떠들 거야

민족문제연구소에서 오는 정기간행물을 볼 때마다
더 보고 싶은 사람, 교과서가 아니라
꿈속이나 죽어서라도 꼭 한번 만나고 싶은 사람
아버지가 태어난 이듬해 죽었지만
살아 있는 나의 이상형 오, 수줍은 나의 짝사랑

귀뚜라미 모녀 2

굳이 보내야 한다면
85,600원 보내지 왜 90,000원이냐고 묻자

통화량이 많아 상담원 연결이 지연되고 있다는
안내 멘트 듣느라 1,200원
이것저것 물어봤을 텐데
아, 잠시만요 확인 후 연락드리겠다고
전화 끊자마자 연락 오기를 기다린 값 700원
카드 비밀번호 잘못 눌렀다가 다시 누르며
귀찮아 죽겠다고 눈살 찌푸린 값 1,500원에다
통화 요금까지 90,000원 부치겠다며 깔깔거리는 엄마

홈쇼핑 채널을 보다가
눈 영양제 주문해 달라고 전화한
팔순 노모의 계산법을 들으며
돈으로 환산할 수 없는 것들의 목록을 헤아려 본다

서리 내리기 전 허허로이
문밖에서 서성이던 아버지의 발소리라든가
거실 한켠 국화꽃을 피우기 위해

소쿠리 가득 실어 나르던 햇빛이라든가
할머니의 부엌 찬장에서 울어 댔지만
내가 끝내 달래거나 흉내 내지 못한
귀뚜라미 울음소리라든가

동백꽃

저 꽃봉오리 속에는
백화점 세일 때 사 둔 인덕션 전용 냄비가 숨어 있다

서천 마량리에 위치한 동백나무숲은
동백나무의 북방한계선

나는 그 한계선에서 183㎞쯤 올라와 살고 있다
군락 없이 혼자라서 그런지 가만히 있으니까
가마니때기인 줄 아나 본데
가만 듣고 있으니 내가 무슨
서울이나 동해 여자인 줄 아나 본데
미안하지만 난 뼛속까지 서해 여자야
산수유나 명자가 아니라 나, 난 말이지 백동백

맵기만 하지 싱겁지 않냐며 간 좀 보라고
걸핏하면 아이를 앞세우는가 하면
삼색나물 먹다가 이렇게 맛대가리 없는데
무슨 반찬 가게를 하느냐고 가게 주인까지 들먹이며
그가 투정할 때마다 먹지 마!
식탁 위에 그림자도 얼씬거리지 마!

땡초를 썰어 넣은 김치찌개처럼 나는 끓어넘치기 시작
한다

먹을 게 없어 타이어를 씹어 먹는 우간다 미리암도 있
는데
아빠가 애도 아니고 참 나!
잠자코 먹고 있던 아이가 숟가락을 놓는다
동박새처럼 포르릉 작은 방으로 들어간다

자궁의 기억

여든 넘은 노모가
낳자마자 죽은 자식까지 합쳐
일곱이나 되는 자식들의 생일을 어떻게 기억하는 줄 아니?

그거 다, 다 몸으로 기억하는 거야

보이지 않지만 들려오거나
해마다 잊지 않고 찾아와 통증으로 열리는
몸의 서랍들

허리가 끊어지게 아픈 걸 보니
며칠 후면 너의 생일
활 자세를 취하다가 고통은 열쇠 꾸러미보다 무겁게
저 깊고 푸른 바닷속으로 닻을 내리며
무더기로 죽은 아이들의 노랫소리 들려와,

꽃 피는 봄이지만

춥겠다, 애들아 들어와
가만히 있으라 방송했지만 가만있지 말고

곳곳에 닫힌 서랍들 열고 얼른 들어오렴

그해 사월 수백 명 엄마들의 몸속처럼 아이 생일 때마다

내 몸 어디선가 삐걱삐걱 노 젓는 소리 들려와,

장항선

수원역에서 아이와 기차 타고
보령 가는 날

저기, 저것 좀 볼래?

학교와 학원밖에 모르는 아이에게
나는 하늘과 맞닿은 지평선을 보여 주었다

학교 밖의 교실을,
교실보다 더 광활한 교과서를!

허기의 자리

송현지 (문학평론가)

백연숙의 첫 시집 『십 분이면 도착한다며 봄이라며』에는 문장 가득 마음이 담겨 있다. 비가 내려 무너진 집을 복구하려는 개미들의 분주한 움직임을 음악이 만들어지는 장면으로 바꾸어 적거나(「클라리넷」) 할머니의 병 때문에 한 집에 옹기종기 모이게 된 모녀 삼대를 "우리는 한때 소녀였다"라는 사랑스러운 문장으로 한데 모은 자리에서 발견되는 연민이나 애틋함 같은 것(「소녀시대」). 그래서 그의 시를 읽으면 시 속의 이들이 처한 안타까운 사정을 잠시나마 잊은 채 그 따뜻함으로 우리의 마음을 채우게 된다. 그러나 엄정히 말해 그러한 서술들이 우리에게 포만감을 주지는 않는다. 그 것은 시인의 다정함이 충분하지 않기 때문이 아니라 우리의 허기가 생각보다 깊기 때문이다. 먹지 못해 속이 빈 상태가 오래되었을 때, 마음에 아무것도 들어 있지 않은 것처럼 헛헛할 때, 무엇으로 다급히 속을 채워도 곧 꺼져 버리는 것처럼 그의 다정함은 곧 사라져 버릴 것 같은 불안한 충만감을 준다. 그러므로 백연숙 시의 다정함에 대해 이야기하려는 이 글이 먼저 말해야 하는 것은 그의 시에 제시된 허기에 대해서일 것이다.

거미줄에 걸려 말라붙은 나비를 본다

바람 불 때마다 파닥거리는 나비
멀리 쌍둥이 빌딩이 보인다

벌레 먹은 산딸나무 잎사귀
거미줄 위에 매달린 채 흔들린다

줄을 쳐 놓고 대체 그는 어디로 사라진 걸까

아무리 둘러봐도 보이지 않지만
육천 원짜리 백반을 먹기 위해
식판을 들고 길게 줄이 섰다

거미줄이 바람에 흔들릴 때마다
조금씩 무거워지는 허기,

요란하게 지나가던 배달 오토바이 경적 소리도
거미줄에 걸려 있는 가을장마 끝이었다

　「평촌」을 첫 시로 실으며 백연숙은 이번 시집에서 자신
이 다루고자 하는 것이 서로 다른 두 허기임을 분명히 한
다. 일종의 프롤로그라고 할 수 있을 이 시에서 그는 "쌍둥
이 빌딩"처럼 나란히 있는 두 허기를 보여 주는데 그것은
먼저, "거미줄에 걸려" 시간이 지날수록 몸이 말라붙어 가
는 "나비"의 것이다. 시인은 시중 가격보다 저렴한 "육천 원
짜리 백반"을 먹기 위해 줄을 선 이들을 "나비"와 겹쳐 둠
으로써 이들 역시, 보이지는 않지만 사실은 "거미줄"과 같
은 덫에 걸려 있음을, 그리하여 풍족하지 않은 상황에 놓이
게 되었음을 암시적으로 드러낸다. 그런데 그가 단지 연민
의 감정을 드러내는 데 머무르지 않고 있음을 알 수 있는
것은 그들만이 아니라 "배달 오토바이 경적 소리"도 "거미
줄"에 걸쳐져 있다고 표현함으로써 이 세계에 존재하는 허
기의 연결선을 환기하기 때문이다. 음식을 시켜 배고픔을
면하려는 이들과 배달을 업으로 삼아 자신과 가족의 배를
채워야 하는 이가 "배달 오토바이"를 통해 이어지는 것처럼
시인은 우리의 허기들이 사실은 다 얽히고설켜 있음을 드
러낸다. 다시 말하자면, 이 세계에는 말라 버린 "나비"가 있
는 한편으로, "나비"가 말라 죽도록 "거미줄"을 친 "거미"의
굶주림이 있으며 이것이 이번 시집에서 그가 다루고자 하
는 또 다른 허기인 것이다. 그렇다면 우리는 어떻게 허기진
채 함께 "거미줄"에 매달려 있는 것일까. 또 어떠한 허소함

에 시달리고 있는가. 이를 밝히기 위해 그가 다루는 허기의
한 축을 먼저 자세히 살펴보자.

무거운 허기들

돌이 울어요
비가 오면 떠내려갈까 봐
맨 밑에 깔린 채
입 밖으로 빠져나가지 못한 단말마의 비명을 위해
돌들이 개구리처럼 떼거리로 울어요

여덟 명의 아이들에게
먹을 것이 없다는 걸 감추기 위해
케냐 엄마는 냄비에 돌을 넣고 끓였지요
휘휘 저으며 맛도 봤을 거예요
쌀이나 금이 되느라 돌들은 잠 못 이루고
냄비가 끓는 동안 아이들은 헛배가 불렀을 거라고

돌들은 잠시 울음을 그쳐요
눈이 오면 강아지 꼬리가 생기고
차곡차곡 쌓인 비명들 입냄새처럼 빠져나와
아아 입을 벌려 눈을 받아먹으며
오오, 배부르다고 하나같이 입을 모으지요

울음을 그친 돌들은

반달눈을 하고 깊은 잠이 들어요

얼굴에 말라붙은 눈물 자국들

모래알처럼 밤새 반짝이지요

—「돌무지」 전문

이번 시집에 실린 가장 아름다운 시인 「돌무지」를 이야기하는 것으로부터 시작해 보자면 이 작품에서 시인이 다루는 허기란 말 그대로 절대적 빈곤으로 인한 굶주림이다. "먹을 것이 없"는 아이들을 위해 "냄비에 돌을 넣고 끓"이는 "케냐 엄마"와 냄비 끓는 소리로 배를 채우거나 눈을 받아먹는 것에 만족해야 하는 아이들의 모습을 시인은 담담하게 그린다. 그 자신 "떼거리로 울"던 "돌"이었을 소녀가 이제는 엄마가 되어 아마도 더 주린 배를 움켜잡고 "여덟 명의 아이들"의 "헛배"라도 채워 주려는 모습은 처연하다. 이 처연함은 시인이 전래동화 「청개구리」를 차용하여 "개구리처럼 떼거리로" 우는 아이들의 모습을 다분히 동화적으로 그림으로써 극대화된다. 동화적인 상상력을 발휘하지 않고는 상황을 견디지 못하는 것이 실제 아이들이 처한 참담한 현실임을 이 장치가 효과적으로 드러내기 때문이다.

그런데 허기가 몸의 어느 부분이 비어 있을 때 우리가 느끼는 감각이라면 이것은 이와 같은 절대적 가난 때문이 아니라 다른 이유로 인해서도 생겨날 수 있다.

자궁을 들어냈다는 그녀와 마주 앉았을 때
갑자기 그녀가 킁킁거리며
무슨 향수 쓰세요? 솔향기가 나는데…… 샴푸 냄샌가
고개를 갸우뚱, 혼잣말을 한다
같이 온 여자는 한쪽 유방이 없단다

(중략)

당신들에게 없는 그것이
때로 얼마나 불편하고 거추장스러운지
무겁다 못해 수령 오백 년 된 소나무처럼
허리가 다 휘어질 지경이라고 하자
그녀들이 깔깔깔 웃는다

웃음소리에도 물비린내 묻어나고
유방, 하면 그녀에게 없는 무게가 더해져
쿵! 하고 탁자 밑으로 굴러떨어질 것 같았다
자궁, 하면 바람을 타고 멀리 저 멀리
송홧가루처럼 날아갈 것 같았다

　　　　　　　　　　　　　　　　　—「설계사」 부분

운전하는 그의 옆자리는 항상 비어 있다

죽은 아내의 자리

누구도 앉을 수 없는 무언의 자리

(중략)

저승은 길옆에 바짝 붙어 있는 채
아무리 속도를 높여도 비상등처럼 깜빡이는
슬픔을 따라잡을 수 없다

―「카풀」 부분

　백연숙의 시에 자주 등장하는, 몸의 어느 부분이 빈 채
살아가는 이들과 한 몸이라고 해도 좋을 만큼 가까웠던 이
의 자리가 비워진 이들이 느끼는 허전함이 그러한 예일 것
이다. 시인은 「설계사」에서와 같이 "자궁"과 "유방" "한쪽"
을 들어낸 자리만큼 몸에 빈 공간이 생긴 이들과 "아내의
자리"가 비게 된 「카풀」 속 남자의 헛헛함을 헤아려 보며 짐
짓 자신이 가지고 있는 그것이 "얼마나 불편하고 거추장스
러운지", 사실상 허기(虛器)와 같다는 농담을 늘어놓아도 본
다. 그러나 그것이 어떠한 위로도 되지 않는다는 것을 한편
으로는 잘 알고 있는 그는 그들이 이 자리에 원래 있던 것
들 대신 무엇을 들여놓았는가를 빼곡히 적음으로써 이들의
마음을 짐작해 본다. 거기에는 "웃음소리에도 물비린내"가
있을 만큼 울음이 "비릿한 강물"을 이루고 있기도 했고(「설
계사」), "슬픔"이 빠른 속도로 채워지기도 했으며(「카풀」), 때
로는 "단말마의 비명"이 담겨 있기도 했다(「돌무지」). 시인은

이와 같이 빈자리에 대신 채워진 것들을 차곡차곡 쌓아 "조금씩 무거워지는 허기"를 만든다(「평촌」). 이것이 백연숙의 시가 허기를 발생시키는 세계의 빈 공간들을 다룸에도 오히려 묵직하게 여겨지는 까닭이다. 그것들이 "돌무지"처럼 점점 쌓일 때 우리는 그들에게 "없는 무게"를 온몸으로 느낄 수밖에 없는 것이다(「설계사」).

비워 둔 자리

그런데 이처럼 허기를 느끼는 이들과 마주하다 보면, 이런 빈자리를 만드는 이가 누구인가에 대한 물음으로 생각이 이어지기도 한다. 백연숙은 이 허기가 또 다른 이의 채워지지 않은 욕망으로 인해 생겨나기도 했음을 예리하게 포착한다. 그래서 이 시집의 다른 한편에는 자신들의 속을 채움으로써 다른 이들을 허기지게 만드는 이들이 다뤄진다. 이를테면, 「평촌」에서의 "거미"와 같은 이들. 이번 시집에서 여러 차례 언급되는 '보름이' 살해 사건이 바로 그러한 이들에 의해 발생한 사건일 것이다.

보름이는 재혼한 외숙모의 의붓딸
하지만 재혼남의 입양아, 피 한 톨 물려받지 않았다

태어나자마자 입양된 미혼모의 딸이었지만
딸바보 아비가 지어 준 이름으로 이십육 년을 살았다
그 보름이가 살해당했다

죽은 지 한참 뒤에 발견된
오피스텔에는 살인의 흔적은 고사하고
생존의 흔적조차 남아 있지 않았다
라면 끓일 살림조차 없는 방에
있는 거라곤 통화 기록과 문자가 싹 지워진 핸드폰과
매일매일 30만 원씩 돈을 찾은 흔적뿐

(중략)

나보다 한참이나 어린데
딱 봐도 변태를 알 수 있다고 너스레를 떨던 보름이는
생모가 누군지 모른 채 몇 해 전 죽은 아버지 따라
집으로 돌아올 수 없는 강을 건넌 아이

범인을 잡았는지 물었지만
범인이 누군지는 묻지 않았다

—「분화구」 부분

   '나'의 "재혼한 외숙모의 의붓딸"이자 "재혼남의 입양아"
였던 스물여섯 살 '보름이'는 "경기도 한 오피스텔에서 살
해당한" 채 발견된다(「질병분류기호」). "다용도실 천장에" "목
을 매고 죽"어 있었기에 스스로 목숨을 끊은 것처럼 보였
던 그녀의 죽음은 "경찰 조사 결과 타살"로 밝혀진다(「불탄

집」). "딱 봐도 변태를 알 수 있다고 너스레를 떨던" '보름이'의 말을 시인이 굳이 가져온 것으로 추정컨대 이를 어느 변태성욕자의 범죄와 관련된 것으로 보자면 누군가의 채워지지 않은 성욕을 채우기 위해 '보름이'의 삶은 무(無)로 돌아간 것이다. 그런데 '보름이 사건'을 다루는 시인의 서술 방식에서 한 가지 짚어 두어야 할 특이점은 그가 범인의 기갈에 대해서는 전혀 관심을 기울이지 않는다는 점이다. '나'는 "범인을 잡았는지"에만 관심을 둘 뿐 "범인이 누군지는 묻지 않"는다. 다만 '보름이'가 지금까지 얼마나 텅 빈 상태로 삶을 살아가고 있었는지, "살인의 흔적은 고사하고/생존의 흔적조차 남아 있지 않"은 채 살다 그조차도 남기지 않고 모두 태워 없어진 그녀의 생을 그리는 데 그는 더욱 많은 공을 들인다.

옷장 속에 옷 하나 없이
싱크대 위 접시 하나 없이
화장대 위 립스틱 하나 없이

있는 게 하나도 없었으나
덩그러니 침대 하나는 있었으나

(중략)

장례 끝나고 며칠 뒤

배냇저고리와 두고 간 몇 벌의 옷 태우는 불꽃을

단발머리 그 애가 옥상 달빛처럼 계단 뒤에서 지켜보고

있다

　　　　　　　　　　　　　　　　—「불탄 집」부분

　"있는 게 하나도 없었"던 그녀의 세간은 세상에 난 후부
터는 쭉 비어 있었던 친부모의 자리는 물론, 그녀에게 큰
사랑을 주었던 양부가 세상을 떠나며 생긴 빈자리로 인해
그녀가 느꼈을 허전함과 공명하며 그녀가 얼마나 휑한 삶
을 살아갔을 것인가를 짐작하게 한다. 얼마 남지 않은 "몇
벌의 옷"과 "배냇저고리"까지 다 태워 버리자 정말 텅 비어
버린 그녀의 생을 시인은 가련하게 바라보며 이 세계에 그
녀의 자리가 있었음을 증명하려는 듯 죽은 그녀를 시에 데
려온다.
　누군가의 삶을 공백으로 만든 자에 대한 설명을 비워 두
는 그의 서술 방식은 「멍」에서도 확인된다.

　점심 먹고 산책하는 평촌중앙공원에

　들린 발꿈치로 소녀상이 앉아 있다

　나도 곁에 앉아 소녀처럼 발꿈치를 들어 본다

　들린 발꿈치 아래로

　흘러들어 와

　진동하는

피비린내

　　　노란색
　　검푸른색
　　자주색
　붉은색

시뻘건 멍이 온몸으로 올라온다

　　　　　　　　　　　—「멍」 부분

　　의자에 앉으면 "발꿈치"가 들릴 만큼 어리디어린 소녀가 누군가의 성적 허기를 충족시키기 위해 동원된 비극적 사건을 그는 이 시에서 환기한다. 뚜렷한 사건 없이 발생하는 멍이 "흔적 없이 사라지"기도 하는 것과 달리 가해한 자가 분명 있으며 의도적인 폭력으로 생겨난 멍은 쉽사리 사라지지 않는다는 것을, 그는 여전히 "피비린내"가 "진동하는" "평촌중앙공원"의 "소녀상"을 통해 보여 준다. 그런데 이 시에서 주목해야 할 점은 소녀를 데려간 이의 추악함을 고발하는 것도 중요한 일이겠지만 그녀의 아픔을 함께 느끼는 일이 더욱 중요하다는 듯 '내'가 소녀의 "멍"을 자신에게 옮겨 오는 장면이다. 그는 타의에 의해 자신의 생을 비우게 되었던 이들의 "곁에 앉아" 그들이 걸린 "거미줄"에 함께 매달려 있기를 선택하는 것이다. 앞서 「평촌」에서 시인이 "거미"의 허기에 대해서라면 전혀 이야기하지 않았을 뿐만 아니라 "거미"의 모습을 그리지조차 않았다는 점("줄을 쳐 놓고 대체 그는 어디로 사라진 걸까")을 상기해 본다면 이러한 서술 방식은 백연숙의 관심이 어디에 있는가를 분명히 드러낸다. 어떤 허기에 대해서는 설명할 가치가 없다는 듯, 그런 자들에게는 눈을 돌릴 필요도 없다는 듯, "거미줄"에 걸려 텅 비어 버린 이들의 삶 곁에 다정히 앉아 그 빈속을 오래 바라보는 것이 자신이 할 수 있는 유일한 일이라는 듯 시인이 "나비"들의 허기에 대해서만 말할 때 우리는 그 빈자리를 어루만지는 것을 자신의 소명으로 삼은 시인을 새삼 발견하게 되는 것이다.

채워지는 말들

혹자는 다른 이의 생을 앗아 가거나 그들을 굶주리게 하는 세상에 분노하지도, 치열하게 반항하지도 않는 그의 시를 두고 동화적인 감상성을 가지고 있다고 평하거나 허기진 자의 공허감을 어루만지는 그의 따뜻함이 이러한 문제에 실질적인 도움이 되지 않는다고 말할는지 모른다. 그러나 시인은 우리를 일으키는 것이 다음과 같이 거창하지 않은 것이라고 말한다.

굳이 보내야 한다면
85,600원 보내지 왜 90,000원이냐고 묻자

통화량이 많아 상담원 연결이 지연되고 있다는

안내 멘트 듣느라 1,200원

이것저것 물어봤을 텐데

아, 잠시만요 확인 후 연락드리겠다고

전화 끊자마자 연락 오기를 기다린 값 700원

카드 비밀번호 잘못 눌렀다가 다시 누르며

귀찮아 죽겠다고 눈살 찌푸린 값 1,500원에다

통화 요금까지 90,000원 부치겠다며 깔깔거리는 엄마

홈쇼핑 채널을 보다가

눈 영양제 주문해 달라고 전화한

팔순 노모의 계산법을 들으며

돈으로 환산할 수 없는 것들의 목록을 헤아려 본다

—「귀뚜라미 모녀 2」 부분

"팔순 노모의 계산법"으로 더 보태진 4,400원을 우리는 "돈으로 환산할 수 없"다. 이 돈에는 자신을 대신하여 고생해 준 딸에 대한 "노모"의 미안함과 고마움이 한데 담겨 있다. "케냐 엄마"가 아이들의 상상을 채워 줌으로써 그들의 하루하루를 버티게 하는 것처럼(「돌무지」) 시인은 저 많은 빈자리들에 사랑을, 연민을, 안타까움을, 그리고 이것들을 모은 다정함을 담음으로써 우리의 마음을 채운다. 그것은 이 글의 서두에서 언급했듯 우리의 허기를 채울 만큼 충분하지 않을지 몰라도 그의 시를 읽는 순간만큼은 오늘을 버틸 수 있는 힘이 된다. 이렇게 볼 때 다음 시는 이번 시집에 대

한 시인의 소개문으로 읽어도 좋겠다.

> 내어놓은 빈 화분에 바람 타고
> 어디선가 날아온 씨앗 하나 자랐을 때
> 사람들은 아까시나무라 불렀다
>
> 손님들은 죽을 사러 가게에 오는 게 아니라
> 나무를 보러 오는 것 같다고
> 죽집 주인은 휴일에도 물을 주러 나갔다
>
> 아까시, 아까시 향기가
> 얼마나 멀리 퍼져 나갔는지 알 수 없지만
> 나무가 자라면 자랄수록 잎을 하나씩 떼어 내면서
> 좋아한다 망한다 미래를 점치거나
> 그늘이 두터우면 두터울수록
> 잎줄기로 파마하던 그 옛날 떠오르는지
> 줄을 서며 손님들의 발길 끊이지 않았는데
>
> ──「묵음(黙音)」 부분

세상에는 빈속을 든든히 채워 몸을 회복하기 위해 찾는 "죽집"도 있지만 어떤 허한 이들의 경우, 다른 이유로 방문 하는 "죽집"도 있다. 이를테면 그곳에서 자라고 있는 "나무를 보러" 가려는 "손님들"이 있는 이 시의 가게와 같은 곳. 그들이 어떠한 이유로 "아까시나무"를 찾는지는 추정만이

가능하지만 어떤 흥미 본위의 시간이 지나간 후에도 그곳에 "손님들의 발길"이 계속 이어지는 것은 그들이 좋아하는 나무를 잘 길러 보기 위해 "휴일에도 물을 주러 나"가는 주인의 따뜻한 마음 때문일 것이다. 백연숙의 시집을 찾아 읽는 일도 이와 다르지 않을 것 같다. 우리의 발길이 자주 그곳으로 향하게 되는 것은 그의 시가 새롭거나 화려한 수사들로 써졌기 때문이 아니라 저 다정한 주인처럼 우리의 텅 빈 곳을 채워 주려는 그의 마음 때문이다. 우리가 곧 다시 허기질 것을 알고 어떻게든 우리의 빈 곳을 어루만져 이를 다른 것으로 채워 주려는 필사적인 다정함. 이것이 백연숙 시의 특별함이 아닐까.

그의 시를 읽으며 "다급한 허기"를 채운 후에야 새로운 풍경을 보게 되었다는 말도 덧붙여 본다(「모과가 한창」). 어쩌면 너무 가까이 있어 오히려 "가장 낯설고 먼 하나의 이국"처럼 여겨졌던 가족의 허기 같은 것(「몽유도원도」).

세상에는 참 채워야 할 것들이 많다.